我是很骯髒的那種怪物

米蘭歐森

自序

有時候光是文字，都能讓我感到瘋狂與顫抖。它的模樣直接而清晰，也許是自己幻想的能力不足，總是需要依賴文字清楚地描繪，才能把遺忘的全都填滿。每一首詩對於我，都像是才剛從網路上 download 的 porn；危險、性感，也像是正和一個人做愛。寫詩對我而言，是生活中突如其來的被插入，也是在這場假扮的人生中，最誠實卻也最不真實的瞬間。如果我連慾望和想像都能夠坦誠了，那至少在面對自己與他人時，也能慢慢將偽裝卸下，不再需要那麼用力的躲藏。

或許也只有在這一刻能夠拋開枷鎖，滿足那一點點像是靠近天堂，卻又同時觸碰著地獄的幻想；去感覺自己正在抽動著或被放入、興奮和羞愧、可恥與瘋狂的。結束了，我們再開始聊天，你再開始喜歡我。

做愛

我們，做愛吧
做愛的時候
我會長得比較好看
我會用比較有自信的地方
讓你覺得開心
把燈關上，我要讓你看
我最變態的模樣

如果你連那個我都接受了
那我以後就可以
把所有，放在裡面

最真實的想法都說給你聽
反正你連那個
很變態的我都喜歡了
再比它更複雜
或是更扭曲一點的我
你也都會喜歡吧

那我們，先做愛吧
做完我們再開始聊天
你再開始喜歡我

你看我的時候我會害羞

把你的頭髮勾到耳後
想看清楚你的臉
但是你看我的時候
我一定還是會很害羞
我怕我進去時，你會看見
太過扭曲和猙獰的我
看見我閉上眼睛喘氣的模樣
那和溫柔的我都不相同

我的聲音改變
連個性都暫時兇猛

身體呈現著奇怪的姿勢擺動
那樣的我，應該很醜陋吧

你進來之前
還是把燈關上吧
我不要你把我的全部
都看得太清楚
等我變回來
你們，再幫我把燈打開

我有時候喜歡被用力壓住

我有時候喜歡高處
我要待在上面
我喜歡藐視一切的感覺
我有時候喜歡被用力壓住
我想要那種永遠
有人會待在我的上方
將躲在下面的我輕輕摟著
有時候我是前方的角色
有時候卻又渴望扮演一輩子
都能躲在後面的人

我將自己裝扮成另一種模樣
想像自己扮演的全新身份
我只要那個和平常我看見的
完全不一樣的你，我不要
永遠。永遠的愛或情
一定沒有辦法忍受我
扮演那麼多種角色

我喜歡一夜的你，我喜歡我
扮演的那個角色沒人過問
只要在衝動之後
把這些很麻煩的東西
就留在彼此的體內

在我們把彼此弄痛之前
我過我的夜晚，你有丁字褲與清晨
長長的頭髮和高跟鞋，鬍碴
沒有被任何人看見

你想看我身體裡流出來的東西嗎

把房間的燈全部關上
有時候是我讓自己癱軟
被太美好的事物，將自己壓垮
我躺在床上，把身體裡
能流出來的也全部流乾

臉上的妝被卸下
已經不是那個稍微還能無瑕的自己
原來美麗，也是這麼沈重的嗎

我把自己流乾的

把那些沒有人看過的
我罪惡的模樣，都拍下來
飢渴的渴望被人觀賞
如果有誰看見了那樣的我
是不是就不需要再繼續偽裝
但是這樣你還會愛我嗎
你還會想看見我
流出來的那些東西嗎

我是很骯髒的那種怪物

走進黑色的房間
有一雙手，用力的將我抱住
來不及看見他的臉
我感覺自己身體的某個部分
被溫熱的嘴緊緊包住

黑色的房間裡我們都在下面
從身體長出一條奇怪的東西
我們抓住彼此
把它放進自己的身體
即使我是很骯髒的那種怪物

也覺得自己乾淨

黑色的房間
沒有長相和五官
沒有人會拿我和其他人比較
他們看不見我瑕疵的部位
在這裡面，有人愛我

暴力、性、裸露和不當語言

看了一場浪漫的電影
只記得開頭的警示標語
：「暴力，性，
裸露和不當語言。」
與男主角對著他的愛人
説出的那一句，愛
就是最不當的那種語言

我愛你的時候
我們把衣服脱下
裸露的身體
互相摩擦著彼此

不愛的時候
我們爭吵
把對方撕裂

性／愛

・性

你過來吧，我家沒有人了
你要記得洗乾淨，再用我
最喜歡的牛奶沐浴乳
今天我們要相擁著彼此
整晚不睡，我要用我的嘴巴
把所有味道全部嚐過一遍

你很生氣
你說你不要這樣

你想要有愛的時候
再用力愛我，很久很久
／
你沒有生氣
跑了過來
我們最後也還是
愛了很久很久

．愛

你一直說
想要有愛的時候
再用力愛我

但是後來我們
也沒有愛
很久很久

以桃紅色示人

陰道和陰莖，
桃紅色的血肉模糊
我看見緊張與跳動
興奮和不斷閉合著
舌與奶的頭，
彼此最尖的前端
都纏繞成令人羞愧的形狀
它們是肛門與嘴唇
陰唇與血管。

桃紅色應該就是一種

最淫蕩的顏色吧
它們總是以色示他人
它們，都好廉價

當我想談論陰莖的時候

我又開始哭了
因為我終於能夠笑
我終於能夠不再假裝
大家喜歡的一切
才是我應該喜歡的

我討厭假裝優雅，討厭扮演
成為某一個備受愛戴的殼
討厭明明想談論陰莖
卻要裝成是個喜歡品嚐
藝術，與美食的人

喜歡花的時候就只是花
不是什麼渴望將它摘下

我想要我點頭的時候
不是因為大多數的人
也都正點著頭
我要我談論自己時
就只是我自己
不要誰誤以為這裡面
也能看見你

我又開始笑了
因為我終於能夠哭

我把眼睛閉上
看見的終於不是你們
而是我自己

初戀的粉紅色陰莖

他和我說話時
我只是和我的下體一般
從原本癱軟的，又將自己給站立
從來沒有人告訴我遇上這件事情時
應該穿上一件什麼樣的褲子
我不習慣穿著內褲，我的我
就正抵著拉鍊，深怕它會劇烈湧出
原來，初戀的那種粉紅色
其實是這麼邪惡的嗎？
下體不由自主的脹大，輕輕頂住
牛仔褲的內裏。我的舌頭

輕輕的也頂住了上顎

我坐在自己的旁邊，罪惡感已經湧入
我常常感覺自己是唯一歪斜的人
我的腦中幻想的一切
都是這麼骯髒與邪惡的東西嗎？
看見一個人跌落時，我總是感到興奮
我躲在最角落的地方看著他們受傷
就會覺得有些很重的東西
已經開始輕了下來

會有人和我一樣嗎？在最開始的時候
在一切都還只是粉紅色的時候

就已經想把自己的下面放入
我回到家中，把褲子脱下
立刻將它丟進水中清洗
沒有和任何人説出，剛剛發生的事情

把你的棒棒糖塞進我的嘴裡

我想要永遠當個小孩，想要永遠
是某個人臂彎裡的可愛玩偶
想要有人輕輕拍打著我的頭
想要哭的時候，有人從後面抱我
再用一根棒棒糖放進我的嘴裡

我的難過只是一種無病呻吟
它被我放得很大很大的時候
其實都只是想要有人來摸摸我
想要真的有人會買一根棒棒糖
或是其他能讓我感到快樂的東西

都用力塞進我的嘴裡
然後對我說，你好可愛

我想吃掉你的棒棒糖

我想成為一個每天穿著漂亮的衣服
到漂亮的咖啡廳裡和朋友吃飯
將自己裝進一張漂亮的照片裡面
不斷重複著上下班，重複
過上同樣的日子在下班後
躺在自己軟綿綿的床上
吃著一成不變的零食
看一場電影和玩一整夜遊戲
就能夠感覺到開心的人

如果這一切都只是我自己

我卻會認為自己是愚蠢和癱軟
像是一個即將腐壞的肉體
短暫的停留總是讓我感到顫抖
尋找終點也讓我感到徬徨
為什麼這些事情在他們身上
都是那麼愉快和可愛的
思考，總是讓我死亡

真的好想成為一個不會思考的人
那些不會尋找，或是疑惑終點的人
不再有太多詢問自己的問題
或透過任何一種媒介來尋找自己
我只想待在你的房間，吃掉你

塞進我嘴裡的那根棒棒糖
很大很大的，把我塞滿的都只是你

我怕我吃熱狗的樣子你不喜歡

收到了你傳來的訊息
有一根熱狗和水滴符號
我疑惑的問你那是什麼意思
你只是要我在熱狗的上面
放一顆愛心和紅色嘴唇
你的表情突然害羞
把你家地址，也讓我知道

可是我其實不太喜歡熱狗
你說沒關係那只是一種比喻
然後你把你說的那種熱狗

和有水滴的圖片都傳了過來
但我還是不喜歡太真實的東西
我怕我吃熱狗的樣子你不喜歡

如果知道自己又即將走入
太真實的世界，我就想逃離
我們能不能就一直這樣下去呢
就活在幻想的世界裡面
只用比喻的方式來喜歡
你是熱狗，我是嘴唇
但是它們不要真的，碰在一起

速食愛情故事

放在熱狗架旁的麵包
總是讓我想起了你
想起我也曾經
用過它把你夾緊
然後把它放在路邊
被野狗吃掉

我現在好喜歡到商店裡
看看那些正在旋轉的熱狗
因為你和它們一樣
最後都會被某個人
放進嘴裡，再變成大便

天亮你就要走了

天亮你就要走了
但是今天晚上，你會再過來
她留給你透明的舞鞋
我留下昨晚才剛舔過的
草莓和透明保險套

我和她都是這個故事裡的主角嗎
只是我在午夜，她在清晨

昨天晚上和明天清晨的三人份早餐

早餐店的阿姨問我
今天怎麼多買了兩份巧克力
三明治，和大杯冰奶茶
我沒有告訴她原因
我沒有和她說
昨天晚上發生的事情

對不起把你弄髒

我在你手上畫畫
食指是一隻狗
拇指畫了花，從左手
畫到你牽我的那一隻手

我張開嘴，把剛畫好的
全都塞進嘴裡
在你的脖子畫奶油
胸口畫前天晚上
才剛吃過的草莓蛋糕
腳趾是麻辣口味的串燒

用力舔過你所有的部位
然後在你的後面，也畫上他

你以前會把身體留給我

你以前會把身體留給我
把蛋糕留給我
把很忙的日子之後
那種對於即將到來的假期
而感到愉悅的微笑都留給我

你常常在消失很久之後又突然出現
試探我還願不願意讀你的訊息
希望我能陪你去爬還沒爬過的山
在午夜看一場電影，早餐和潤滑劑
但是你把給過我的也都給了他們

我把很任性的模樣都讓你看見
故意不回應你，故意不讀你的訊息
然後也消失了很久很久
直到你真的再也不出現的時候
才打開你的訊息對你說
你還會喜歡我嗎

她呻吟的時候沒有我好看

我看見你從後面抱著她
看見你輕輕的摟住她的腰
你把她的絲襪脫下
把你的東西放入

她呻吟的時候，沒有我好看
她把你放進嘴巴時
也像是在逞強
你不是喜歡短短的頭髮
你不是喜歡皮鞋
與白襪子嗎

我留了一把你家的鑰匙
在你出門時偷偷跑了進去
再躺上那張，你曾經在上面
從後面，輕輕抱著我的床
聞聞你襯衫上的味道
把你房間的窗戶再打開了一點
這樣我才能在晚上過來時
從那裡看著你，和她

你在前面，我在中間，
他在後面，她在旁邊看。

我把衣服脱掉
假裝成另一個人
另一個沒有人
認識的我

那個我
會在應該右轉的巷口
突然轉向左邊
那個我會說，我
從來沒有說過的話
裝出從來不曾
被人聽過的語調
沒有人認識的那個
我，在中間
你在前面，他在後面
她在旁邊看

把衣服穿上，我走了回去
又變回你認識的那一個人

我想看著他把你撐開

我站在旁邊
看著他把你撐開
只有他在你裡面的時候
我才感覺到自己和你
他把你撐開時
是不是比我還要粗魯

就像小的時候
被搶走最喜歡的玩具
看見別人碰了我的東西
我才開始感覺，那是屬於我的

把我所有能夠塞滿的地方填滿

在你睡著時
把你褲子前的拉鍊
慢慢拉了下來
在它癱軟和站立時
拍一張照片
設成手機桌面

想你的時候
就開啟震動模式
把它塞進
我自己的裡面

我只是愛你的方式比較特別

買一百條巧克力，放在你的房門口
一定會有人覺得我是很浪漫的吧
但我只是想看著你走出房門
把巧克力踩碎的瞬間
生氣的又往房間裡走去
這樣你就會想起我
再很生氣的罵我

我假扮成其他人
從交友軟體上和你聊天
把照片換成你喜歡的類型

聊你喜歡的內容，聊一些衣服
可能還會想脫下來的話題
看看你是不是真的
像你自己說的那樣愛我
永遠不會再有任何幻想

你說看完電視就要去睡覺了
我在掛上電話之後跑到你家
把耳朵貼在門上聽裡面的笑聲
確認它們是真的
從電視機裡傳出來的聲音
才回到自己的床上，安心的睡著

想你的時候我就舔牆上的洞

想你的時候
我就舔舔
牆壁上的洞

在客廳和房間的牆上
打了一個洞
我從這裡把它伸入
洞的另一頭
你在對面
緊靠在洞口

我們吵架時
不要看到彼此
但是身體還是要
連在一起

你想我的時候
就把嘴巴靠到洞口
和我說話

還是我們一起變成殭屍

恐怖電影裡的殭屍
追逐著美麗的男女主角
他們用盡一切求生
他們努力逃跑的模樣
總是能讓我感覺生存與危險
感覺到自己好像活著
有屍臭與恐懼
美麗與凋零

還是我們一起變成殭屍
我們互相撫摸的地方

也不斷掉落流出
成為腐爛的肉一插入便逐漸瓦解
一塊一塊，一片一片的
好像火鍋店裡
和服務生點的那盤
等待被煮熟的肉

你搬過來，我們住在一起

你可以搬過來和我一起住嗎
你會有自己的房間和陽台
有時候我能在你的床上
陪你一起打開午候的窗戶
曬曬灑進房裡的太陽

等到下個週末你再來敲我的房門
在午夜看刺眼的螢幕一起笑著
拿爆米花互相丟向對方
就這樣一直躺著，不要出門賺錢了
也不要再望向任何遠處的人

總是去想那些很麻煩的事情
我們就這樣看著彼此
什麼都不要了好嗎

你沒有說話，把鑰匙放在餐桌上
留下一張紙條，沒有再回來

我們在你家的頂樓做愛

你穿了一雙白襪子
我把它脫掉
你在房裡走了一圈
穿著我幫你新買的球鞋
我走過去抱你
靠在你厚實的胸膛上
也把你的褲子脫掉
抓起你曾被握過的手
吃你早就被吃過的那裡
我一邊吃著，一邊哭泣
你問我怎麼了。我說，我害怕以後
還會有好多的人也吃過它
你沒說話，只是用你的嘴親我
也被好多人親過的每個部位

你抱著我走到你家的頂樓
我們裸著身體
躺在有好多灰塵的地上
你說，現在我們一起
看過頂樓的星星了
我們躺在這裡
看明天才剛升起的那顆
全新的太陽

愛情

愛情就是我有一條
臭臭的內褲
你有一雙臭襪子
你把那雙襪子穿在腳上
踩在了我的內褲上面

愛情就是
我穿了一條臭內褲
但你卻還是愛
聞它的味道
然後用自己的雙手

將它洗乾淨
再用你的嘴
把它舔成了屬於
你的味道

愛情就是我們
都這麼骯髒
卻還能用嘴
把互相洗淨

比較真實的童話故事

每個夜晚我都想要你
把我推倒在廚房的地板
用力扯掉我身上的衣服
下班時我也要跪著
幫你換上室內拖鞋
睡前你很粗魯的將雙腿打開
我屈身坐在你的兩腿之間
你吃一口草莓泡芙
我吃一口草莓泡芙
在很暗的房間裡
看完一部電影

每個早晨起床
看著你結實的胸膛
幫你穿上襯衫，扣上扣子
在你上班之前再幫你打一次
領帶，是我睡前幫你挑好的
我們還會手牽手一起
走到巷口的早餐店
買大杯的冰奶茶和兩根吸管
白雪公主，一定很羨慕我吧

你可以像我養的柯基犬那樣一直喜歡著我嗎

以後我會發生好多事情
如果我的家人過世了，我開始哭泣
我難過的每天都爬不起來了
我的生活會碰上好多事情，你也會

你會陪著我哭，一直待在我的身旁
然後不好意思抱我，也不確定我
現在是否能夠開心或難過的話
那樣你還要愛我嗎？
你只是看見了現在的我
還有那麼一點力氣偽裝的樣子

如果我不再像這樣看起來
還那樣美麗開朗的時候

你一定不會吧
我看過好多人
我身邊的好多人
他們都沒有

你不是貓，也不是狗

你看我的時候
我總是覺得害羞
我的聲音變得比平常溫柔
那是我從來不曉得自己
能夠發出的一種音調
那個聲音只有在我和貓
或狗，說話的時候才會出現
好奇怪。但你不是貓，也不是狗

交換禮物

今晚把你裝進箱子裡
和朋友聚會的時候
把你的優點全部說出來
這樣我才有可能
交換到比你更好的禮物
你應該是好長和好粗的吧

如果有人真的抽到你了
我一定還是會很想哭
抽到你的那個人
你會對他笑嗎

你也會對他像你對我
這麼溫柔嗎

你把我裝起來
準備參加明天晚上
舉辦的派對
你好開心的拆開
剛剛才抽到的禮物
你說，明年再參加一次
像這樣的派對吧

聖誕禮物

我把你去年丟在地上
那個有草莓口味的保險套
偷偷留了下來
我把留在裡面的東西
拿出來舔了一口
當作是你今年
又帶我去吃了一次
聖誕大餐

潔癖

我的背包裡有一支牙刷
和草莓口味的牙膏
我把它們帶著
早上我要用它們
刷我才剛幫你舔過的嘴

還有一套女僕裝
我會穿上它幫你洗澡
再清洗那些在我臉上的
你碰過的地方，全都髒了

早安

我喜歡你，在早上起床時
也會和我說一聲早安
雖然你總在我給你的訊息
說了第一句早安之後
才會想起有另一個人
正起床想著你

早上起床
還是沒有收到
你說的早安

惡夢

你夢見
我喜歡上他
我夢見你喜歡
上她

你為什麼喜歡我

有好多問題想要問你
在每一次你對我微笑的時候
想問你為什麼喜歡我
我明明是那種
很奇怪的人不是嗎

我接起一通電話都會發抖
連完成一次正常的對話都有困難
我總是擔心自己，讓自己也變得可笑
但任何路過我的人都不會察覺
這些其實只有我自己才看得見的缺陷

我的聲音不夠好聽，我擔心自己
說不出太多話而覺得尷尬
也不像那些幽默風趣的人一樣
我沒辦法逗大家開心
沒有那種很可愛的個性
可以讓每個人喜歡

但是你為什麼會喜歡我
是因為我真的和他們不一樣
還是其實，我們都一樣

我常常覺得自己好糟糕

我常常覺得自己
是個糟糕的人
因為他們說的那些事情
怎麼好像都沒有
發生在我的身上
他們把很醜的東西
全部藏了起來
讓我誤以為全世界
就只有我活得醜陋

他們把交友軟體上

那些陌生的愛慕
說成真正的追求
把那些遙遠的稱讚
都當成真實的喜歡
把自己買來的，都變成他們
因為喜歡你而送的禮物
把自己硬是跟去的一次旅遊
也說成了最浪漫的蜜月

他們總是把假的全說成了真
把已經褪色的說成了色彩斑斕
把一點點的喜歡，都放大
成了最刻苦銘心的愛

把一夜的情也變成了永遠

我不想好起來了

我跪在地上
把自己裝成一副
可憐的模樣
你摸著我的臉說
我壞掉了

我把自己淫蕩的模樣
把裸露的照片
放在比較隱密的網站
被人看見

可是我不想好起來了
壞掉的我好像
比較容易被人喜歡
他們朝我走過來對我微笑
給我好多笑臉與愛心
他們知道我壞掉了
所以不會再用
嚴厲的眼神看我

我每天都在一點點死去

我生病了。我傳簡訊給你
你要我自己去看醫生
記得多喝水多穿幾件衣服
可是我其實只想要你過來看我
想要你摸摸我的頭，幫我
蓋上我的獨角獸棉被
輕輕拍著我的背哄我入睡

為什麼我不是悲劇裡面的主角
他們哭泣時總是有好多人
會更用力的去擁抱他們

我喜歡無病呻吟
但我感覺自己
好像是真的生病了

我一直在假裝悲傷
把不是真正嚴重的事情
全都變成了末日
我以為只要和你說
我的每天都在一點點死去
你就會再多看著我幾眼

系統錯誤

我一出生就違反了設定
我的眼睛與鼻子
陰莖和嘴巴，陰毛頭髮牙齒
都放在了不應該放入的地方
我要像個人類，最好是個男人
有大大的肩膀和手掌，不能哭泣

如果我是一台機器
我的主人一定會將我拆開
把我的手和腳肢解
頭顱也拿下，不修了

如果可以我也想重來
把比較正常的系統
再灌入我自己的身體
他們只是告訴我
不能喊痛。但，我是人啊
還是其實我真的是一種怪物
我只能找到其他的人類
最好是個真正的男人
請他們用力插入我
把他們有的都放進我的身體
看看我能不能，再變得正常

我是會讀海明威的那種色情狂

我決定今天把照片傳給你
把之前沒有勇氣的
但一直想讓你看見的
也順便告訴了你
我是那種會在深夜
沒有人的公園裡
把衣服脱光的怪物

舌尖滑過我的每吋肌膚
把我綁上塑膠椅子
好多人圍繞著我

他們赤腳踩在我的身上
看著我扭曲變形

路燈照射我赤裸的身體時
那才是最真實的我的模樣
會把褲子與內褲脫下
在鏡頭前擺出很變態的姿勢的
那種很可怕的色情狂，清晨
我在自己的床上讀海明威

有時候看見那樣的自己
連我都能感覺到興奮
所以我想，你應該也會喜歡吧

裸體早餐

我們裸體走在街上
裸身在擁擠的車廂
她的胸緊貼著
他光滑的背

起身，下體鬆軟的晃動
賣場的婦女們推著推車
露出她們身體上
所有的紋路

我們光著身體

坐在巷口早餐
他穿戴整齊
滿身覆蓋
我們，全都慌亂

性感偶像

想成為你的
性感偶像
想變成你的
廉價充氣娃娃
有體溫與觸感
充血與噴發

想要你想我的時候
就只有我能讓你脹大
不是什麼討厭的
瑪麗和夢露
霹靂與嬌娃

暴露狂的自白

想在深夜無人的巷弄
緊靠你的身體
在你的耳邊細語
我們互相吹奏彼此
身體上的樂器
脫光，在眾人之前演奏
像偉大的舞者和音樂家
只有在這一刻，我才能夠感受
那些逝去的夢想都一點點湧入
喝采都在我的臉上洋溢

我像性感偶像那樣誕生
最絢爛的舞台
是深夜公園的草皮
與你破舊房間的陽台
但再多場的演出
也無法使我血腥激昂的病態
就因此痊癒

他膨脹的模樣比我性感

我把手機裡
剛載好的A片打開
A片裡的男生
是不是很喜歡自己呢
他們全都長得好高好壯
甚至連膨脹的模樣
都比我的性感

他們用力抱起對方
擺出我這輩子永遠無法
做出的表情和動作

他們都有我沒有的東西
應該都很喜歡自己吧
還是他們也會和我一樣
總是先看著別人才低頭看見自己
然後覺得自己，怎麼這麼醜陋

那下輩子，我不要有陰莖了
下輩子我要當一個漂亮的女人
但那時候我一定還是會
看著那些在A片裡的女生
羨慕她們的胸部比我看起來漂亮
連叫出的聲音都比我優雅

我害怕我自己

你對我的每一個微笑
每一次你緊緊的
從後面擁抱著我
我的腦中總是浮現你
也曾經抱住別人的畫面

我把橘子口味的汽水
遞到你的嘴邊
我在殭屍出來的時候
將爆米花灑落一地
你微微一笑

說我的反應好可愛
你以為我應該是嚇到了
但恐怖片裡的殭屍
從來都不是我最害怕的怪物
我害怕的始終是我自己
那個成天幻想的我自己

我害怕有一天
和你坐在這間電影院
一起看恐怖片的人
不再是我了
只要想到曾經或是往後
會有另一個人將橘子汽水

再遞到你的嘴邊
我就又害怕的
將爆米花撒了出來

我只是不喜歡現在的自己

看見你的動態還是很開心的
和那些比我可愛的人在一起
我就想將自己躲藏起來
總以為你和我多說的一句話
以為只要你主動傳訊息過來
就是一種喜歡與關心

還是那麼沒有自信
還是那樣容易感到害怕
還是不喜歡現在的自己
覺得任何一個人都比我完美

隨便笑起來，都比我好看

我還是找不到任何
能夠將自己裝滿的東西
還是這麼盲目把你當成了一切
我張開眼睛是你
閉上了眼睛，還是看見你

明明還有人愛你

想把眼睛閉上
然後不要再張開
我把頭埋進浴缸
把眼淚和水
都溶在一起
以為自己是一隻
大海裡的美人魚
正在等人來把我救走
再把我從大海裡
撈出來，帶回家強姦
一定都比現在還要快樂吧

聽見媽媽從浴室門外喊著我
：「洗完澡快點出來吃飯」
想到媽媽和姊姊都還在等我
我還是先不要成為那隻美人魚好了
我要先把媽媽煮的飯，全部吃完

對日子感到疲倦時
我總是胡思亂想
明明還有人愛我
明明只是一次跌倒
就以為整個世界都要崩塌
每一次都只是想知道

我演的這場很難看的悲劇
還有沒有人願意觀賞

我拿出手機
看看昨天發出的動態
朋友都來按讚了
他們都喜歡我

你不能再討厭自己了

傷口都快好了
但其實受傷的時候
我也常常笑著
我曉得微笑是我
唯一能夠表現的行為
只有那樣的情緒
才不讓人感到討厭

我總是擔心自己的疼痛
會蔓延到其他人身上
所以只允許自己難過幾秒鐘

然後開始在生活裡塞滿
能夠讓我感覺到快樂的東西
只要我又開始笑了
大家就會覺得我沒事了
以為我又開始喜歡自己了
都會以為我的傷口
應該就快好了

反正你不能再討厭自己了
大家都要開始討厭你了

我的焦慮很可愛

我還是喜歡像個小孩
用可愛的方式說話
不喜歡思考太嚴肅的事情
不喜歡硬是假扮成一副
大人的軀殼與腦袋
即使我早就已經是
即使大家都告訴我
我是一位成熟的大人了
我只是希望偶爾
在我講出它們的時候
也有人能夠告訴我

我可以大膽的說出自己
正感到痛苦的那件
很渺小的事情

我不需要為此感到丟臉
不需要再把簡單的事情
都說得無比複雜
不需要在描述傷口時
把疼痛兩個字
再換成了苦難與深淵
把黑暗變成虛無
把悲傷改成了一副
還若有所思的模樣

好讓所有人都認為我
已經擁有足夠的詞彙來描述自己
好像我正感到焦慮與痛苦的原因
都是多麼偉大又附有內涵的

我的焦慮其實很可愛
我只是因為沒有更多人追蹤我
因為他沒有立刻讀我的訊息
因為他輕而易舉的
就長得比我好看
很輕鬆的就做到了我
始終做不到的事情

我的焦慮真的就只是為什麼
他，喜歡他。為什麼他不喜歡我
為什麼你和我和她
都必須裝模作樣
才顯得足以被人看上一眼
才顯得足以被人稱讚

我想要快樂

我想要永遠，想要每一天
都只有太陽和你
買給我的早餐與藍色天空
想要一直笑和想哭的時候
你都能夠在我的身邊
想要沒有煩惱
想當一個永遠長不大
也不會被責罵的小孩

我想要快樂，想要一直
活得很簡單就好

我想要被人喜歡
想要有好多好多的錢
想要永遠有人會擁抱我
想要你永遠不看著別人
想要你是真的
只愛著我一個人
想要你說的每一句話都不是謊言
我想要你的時候你會出現
不想你的時候，你也會出現

明明每年許的願望
都那麼簡單
但我總是想要這個

也想要那個
把簡單的事情
都變得複雜

我常常覺得自己是瑕疵和仿冒的

我以為只要不斷前進就能夠快樂
就能夠得到所有我想要的一切
總以為自己早就足夠堅強與龐大
足以將自己支撐起，足以讓自己脹大
再自己把興奮的液體通通流出
可是有好多已經抵達的都讓我停止
無法喘氣，我被自己的液體淹死

我常常覺得自己是瑕疵和仿冒的
好像沒有東西能再讓我感到快樂
我以前不是那種會因為

恐懼與慌張而開始顫抖的人
我感覺自己是次等和愚笨
像照著鏡子模仿的拙劣物品
現在只有感覺到了顫抖與慌張
才能讓我停下恐懼
可是明明沒有任何部分
從我的身體裡死去

我見過許多醜陋的人

他們照了照鏡子
看見自己骯髒的指甲
粗大的毛孔，鬆垮的皮膚
啤酒肚和蠟黃的臉，猙獰的面孔
卻總能擺出一副這個世界上
最了不起的模樣

他們在鏡子前指手劃腳
他們躲藏在沒有人
看見他們的地方說話
他們曉得把自己藏匿起來

會看起來比較美麗

我見過許多美麗和醜陋的人
他們的差別是
美麗的人總覺得自己醜陋
醜陋的，都覺得自己美麗

抱歉，我把自己活成了這個模樣

他們是不是曾經
也和我是相同的
因為討厭自己的模樣
而選擇開始哭泣
試著把一朵花養了起來
但總覺得那樣的自己
也看起來愚蠢

明明所有人都和我相同
吃著同樣的食物
過上了類似的生活

但為什麼每個人都在前進
卻只有我自己的步伐
還看起來可笑

那也是他們死掉的原因嗎
是不是他們總無法停留
和我一樣覺得自己
是很丟臉和愚蠢的人
連完成一件事情
都依然感到渺小

他們是不是也總急著抵達
任何人都還沒到過的地方

卻始終無法前進，才選擇死掉

我們都在平凡無奇的日子裡死去

我感覺自己再也無法裝入
任何全新或舊的東西
我把衣櫥的襯衫穿了起來
將他們不接受的全都洗淨
我應該繼續努力微笑
把日子變成類似的醜陋模樣
平凡的迎接即將抵達的逝去

在日子裡找尋答案
卻不會有一點解答
把色彩拿掉，黑白也被擦拭

他們把對立與綻放全都抹去
總以為，我們都終將成為
卻又曉得我們都終在平凡
無奇的日子裡，死去

憂鬱鎮

有些人的愉快
其實很痛苦
他們深陷其中
把微笑當成了人生
唯一能做的事情

整個憂鬱的城鎮
有些人的笑裡
沒有尖銳的東西
有些人的難過
卻藏著喜悅

有人在這裡笑
有人在這裡哭
有人把每一種情緒
都演成了症

有些人的痛苦
其實很愉快
他們樂在其中
把傷口當成了人生
最偉大的事情

在世界末日之前

世界已經變得好混亂
混亂到終於能夠找到一個機會
可以大膽的成為你自己
因為真實的你就算再骯髒
都沒有這個新的時代
還要令人感到噁心

當一次你自己吧
直到世界正常之後
你再變回來

想辦法拯救你自己吧

我常常擔心自己
說出來的每一個字
都聽起來像是抱怨
所以我總是不敢說
因為大家都有
他們自己的焦慮與黑暗
只要聽見他們的痛苦
我就覺得自己的掙扎
已經開始顯得愚蠢
有大多數人和我相同

我們躲在牆角，被自己卡住
我們知道發生在自己身上的所有問題
也有很多和我不太相同的人
他們教我如何活得正確
他們會告訴我。應該
如何走路，應該穿上
什麼樣的衣服，才足夠像個人類

他們畫出一個盒子將我裝入
只要我有任何部分
無法順利的塞入其中
我就成為最錯誤的
那種瑕疵品

我告訴自己
會不會真的有可能
是我的父母在我很小很小的時候
沒有將我導正，所以我才必須
開始尋找那個比較正確的自己
然後，我開始感到抱歉
開始將錯誤割除，開始將自己割除
把那些割除的部分也自己吃掉

／

我知道這世界上

有好多和我一樣的人
我們有許多腐敗的模樣
也有許多即使是說了
都不會有人能夠理解的
那些連自己都感到噁心的形狀
但是想辦法拯救你自己吧
在所有人想將你割除之前
在你想將自己割除之前

成為廉價的肉體，被所有人喜歡

準時起床吃過早餐，洗澡
買玩具在浴室裡和自己玩
我每天都把褲子脱下
説骯髒，低俗的笑話
有些音樂和閱讀過的書
也不再成為我炫耀自己
多麼與眾不同的工具了

我想脱光我，一個人待在公園
旁邊的叔叔和阿姨看著我躺在這裡
他們是不是都認為我是很高級的

可是我總是害怕喜歡和稱讚我的人
我怕他們全部都會失望
但是我脫掉衣服，他們也想要我

剛下完雨的草皮上有鳥
叫聲，像嘴巴吸吮著
天空飄來一陣溫暖的風
是你和我，有濕潤碰上血與肉的
原來世界一直有這個模樣嗎
那我好像開始喜歡最近的我自己了
我要成為很廉價的肉體
讓所有人都能買得起

情書

如果有一天
你不想看見世界了
我就成為你的贊安諾
變成你手中的刀片
我們躺在床上
讓我從後面抱你
當作你的死刑
是被不喜歡的人抱著

你沒有死
就回頭看我
看有沒有哪個地方
又開始跳動

你喜歡我的時候

你喜歡我的時候
我覺得自己
是這個世界上
最優秀的人
你讀我在潮濕房間裡
寫出來的字，吃我
在很破爛的廚房
煮出的料理

你喜歡我的時候
潮濕和破爛

全都變成了
有王子與公主
在裡面 XX 的城堡

你把所有
糟糕的一切
都變成了好的

*　「有王子與公主在裡面 XX 的城堡」原先並不是想使用「XX」來代替，而是想直白的寫出「做愛」這兩個字。我的作品完成時，發布的第一個地方總是在社群媒體上，因為我寫下的文字在任何時候，都是屬於大膽和露骨的，所以我的作品時常在網路發表後被檢舉和移除。曾經想過，如果我再那麼無視規範來創作，可能有一天，我會再也無法發出自己的聲音。

我開始想試著寫一些非常簡單的東西，簡單又很可愛的，偶爾也能夠感覺甜蜜的文字。如果我連較為露骨的都無法談論的話，那我只能選擇妥協，然後不再使用太過「強烈」的文字。

起初的寫法是：

有王子與公主
在裡面的城堡

但我還是感覺這麼寫不像我自己，總覺得少了點什麼，我不會只有王子和公主那麼單純，我還要在裡面做愛。當我決定在 Instagram 分享它時，我感覺我很快便會被移除，於是才將它們改成了「XX」。

這次選擇將〈你喜歡我的時候〉放入詩集中，但依然沒有把「XX」改回為「做愛」。因為我覺得這已經是它的模樣了，它終究是一首因為規範與框架，因為害怕失去自己的聲音，而必須改變的作品。

會有人愛你

也許是太擔心犯錯了
我好怕自己因為錯誤
被永遠記得，或是因為錯誤
永遠的被人討厭

我的第一秒總在思考，我
說的這一個字會不會被你討厭
但是我沒辦法和大多數人一樣
那麼輕易的就將自己描述
我光是講出一句話都感到顫抖
覺得自己說出的每一字

都是人生，最重要的一件事情

不敢做太多表情
擔心有些人不喜歡某種模樣
而我卻剛好表現出那種樣子
然後又被討厭
所以我總將自己隱藏
不敢表現出任何一種情緒

有好多不同的我渴望喧嘩
只是我必須得確定你
也不討厭我之後
我才敢稍微的做我自己

但大多數時候的我
都在猜測，猜測別人
喜歡什麼模樣的我
最後卻總一句話也不敢說
任何一種情緒都不敢表現
但也有可能是貪心
只是太想要被所有人喜歡
可是本來，就會有人愛你

你說你就是因為這個原因才喜歡我

我只是看了他一眼
看見他的眼睛
就知道他和我一樣的
因為你總是喜歡
同一種形狀的人

看見你牽著他走了出來
你用手戳了戳他的臉
在巷口旁的轉角
跟我們開始的時候好像
也是從這家老舊的電影院

一起牽手走了出來
你也在旁邊的巷口
用食指戳著我的臉

你說我的眼睛裡
有和你不一樣的東西
你說我有著和大多數人
都不一樣的東西，才喜歡我

你說我總是把你的內褲弄髒

以前你總是罵我，不要我躺在床上
手裡拿著餅乾的袋子和遙控器
你總是很生氣的看著我
再把它們都丟進垃圾桶裡
你說，我和餅乾
都應該一起被螞蟻吃掉
這樣就不會再有人把你的內褲弄髒

我的旁邊躺著的是每隔一陣子
都會再換過一次的另一個你
十四或是十五公分，粗的

或大或小的乳房，及肩或黑色頭髮
胖的，和另一種很瘦的你
我把他們都當成了你

還是在床上打開一包餅乾
沒有把床邊的餅乾屑拍落
還是那包，草莓口味的泡芙
看看在那些不同的你裡面
有誰會和你一樣大聲罵我
因為一包餅乾一直和我吵架

你也會在那些不同的我裡面
再看見很像我的人嗎

粗的，或大或小的
十四或十五公分，瘦的
或是另一種很胖的我

愛情 II

我把衣服脫掉
想要你看見我的全部
把你很糟糕的地方
也都讓我看見
我們擁抱，再互相安慰

我們擁抱的時候
是真的好用力緊抱彼此
但那應該不是愛
那只是曉得自己難看的模樣
不會再有其他人願意接受

所以我選擇說愛你
你選擇說愛我

男朋友，女朋友

媽媽希望我認真讀書
活著。把每一件事情做好
不能怠惰，一直往前行走
停下來就會死亡

以後我會賺好多錢
買好多很大很大的房子
在上海與紐約
等到那個時候
所有的人都會喜歡我
所有我想做愛的人，都可以得到
我會有好多男朋友女朋友
他們會把衣服脫光
來到我的面前

靈魂伴侶

你擺出奇怪的表情
用從來不曾看過我的眼神看我
我在他身上晃動
晃到我和他都終於累了
你就把我的衣服穿上
再和我手牽手，一起回家

破處

我躺在床上，將大腿交叉
輕輕的把它往後夾住
妳把才剛新買的玩具
也套在自己身上
我們角色互換
把過往抵銷

今晚妳是處男，我是處女
我們又成為了彼此
最珍貴的那一次

成年禮

每一次回家
我的叔叔和阿姨們
都喜歡用同樣的問題煩我
他們總是好奇我的交往對象
好奇我是不是已經談過戀愛

我把手機打開
讓他們看看我和他
躺在床上的照片
還有一些他們
都做不到的動作

他在上面，我在下面
從今以後就不會再有人
對我感到疑惑了
因為他們知道我終於長成了
和他們一樣邪惡的大人

笑話

我活著的時候
說的每句話
都被當成了笑話
等我死了
大家再想起我
說的那些話
然後開始想哭

成人童話

國王睡了美人
王子騎了白馬
公主吃掉巫婆
矮人把蘋果塞進
皇后的身體裡

蘋果在裡面長大
長出一條
又大又長的巨龍
巨龍喜歡化妝
被村民殺掉

賣身

把你的靈魂賣給惡魔
跟祂交換身體與眼睛
交換讚數，與金錢
交換好多人來喜歡你
和美麗的肉體
但惡魔總讓我們誤以為自己
好像什麼都已經擁有了

常常只是睡了一覺
感覺做了一場很美麗的夢
醒來後開始感到害怕

然後，天使把你帶走
也要你和祂，交換一些東西

性寄生

把你的身體吞下
你的頭顱腳毛與雙眼
粗糙的皮膚嘴唇手掌
奶頭大腿牙齒
都融進我的血和肉
只有那些在你身上
我最喜歡的地方
從我的皮膚裡再長了出來

想和你結婚時
就把你寄生

在我的身體裡
生孩子只要有我和你
長出來的那個地方
都放在一起
我們，就永遠不會分開

性吸引力

你下巴上的鬍碴
輕輕滑過我的背
鬍碴上也還有一點
我最喜歡的沐浴乳香味
我赤裸的腳趾，白色的襪子

你在陽台
裸露著身體澆花
我睡著時微開的嘴唇
你開車的姿勢
我從臥室看你背對著我

站在馬桶前的身影
你插入口袋的雙手
還有你在他的身上
我在他的身上

我要和自己做愛

我又開始會笑了
我又開始喜歡自己的長相
我把討厭的每一個人
把他們討厭的模樣全部畫出來
告訴自己不要變成那種模樣

但有時候我也討厭自己
也有些時候我喜歡我自己
我把勃起的照片，拍下來自己觀看
雖然我連對自己的喜歡
都還是那麼短暫

就像我對任何人的
喜歡和討厭一樣
我告訴自己
如果有像我一樣的人
我才要和他做愛
雖然再過一陣子，我又會開始
討厭那個，和我做愛的人

我是淫蕩的惡魔與假扮的天使

第一次聽見隔壁班的同學
拿著卡片和才剛做好的巧克力
跑過來和我說：「我喜歡你」
我以為那應該是惡作劇
我以為他可能還正準備轉頭
看看站在他身後的那些，嬉皮笑臉的朋友們
害怕他們會發現我一直都只是在假裝
假裝自己，是最純潔的天使
與老師眼裡很乖巧的學生
但學生時期的西裝褲
早就染上了邪惡的味道

我假裝聽不懂大家說的黃色笑話
也沒有和任何人提起你。只有你
知道我是淫蕩的惡魔與假扮出來的天使
你知道我所有隱藏起來的秘密
我把不想讓人看見的全都告訴了你
我有好多壞掉的部分，總是這麼用力的躲藏
逃避每一個只看了我幾眼就說喜歡我的人
只要還有人再對我說：「我喜歡你」
我就讓他看見我，最奇怪的模樣
如果他還是用同樣的眼神看我
我就會開始害怕，害怕他會不會覺得
我真的很奇怪，然後又不喜歡我了

怪物

大家都戴上了面具
沒有人知道彼此的樣貌
我們都向前走了一步
緊張的看著臉上那張
動物做成的面具

大象往前
猴子與小熊開始
互相拉扯對方的衣服
老虎沒有再穿起褲子
蓄了鬍的白兔與巨大的鷹

把身體埋進野狼
都像動物那樣
野蠻的撲向了彼此

我把骰子拿起
在嘴邊輕輕吹了一口氣
對面一隻可愛的柴犬
迫不及待的等著我
擲出新的數字

一群討厭的貓走了進來
他們竊竊私語，把房裡的燈開啟
我們像狗那樣舔舐著

像吃不飽的模樣
瘋狂渴望著，口
水和液體，流滿了地毯

性，與愛與死亡

房間裡。有好多男生
他們不斷膨脹
嘴巴被膨脹的東西塞住
房間裡的女生，都喜歡發出奇怪的聲音
她們一出聲就有人跟著膨脹，青筋也跳動
尖叫的時候總會有人抱起她們
撫摸與淚流滿面，液體
全都在臉上

像是被滿滿的愛與溫暖，所有這世界上
最美麗和快樂的事情填滿。我也想要

成為這個房間裡的男生和女生
螢幕突然暫停，所有正在進行的
也全都停止

原來我不能成為他們嗎，是不是總是有人
在阻止我，他們用最可怕的方式讓我曉得
只要我的腦袋正在想著所有不好的事情
我總是能夠看見不吉利的數字和畫面
超市裡買到的香蕉，撥開後全是腐爛與發黑
蛆和討厭的蟲子布滿著它
這些不是屍體才會有的東西嗎
我打算再成為那些男生和女生

被美麗與快樂的事情填滿
但是家人與朋友的訊息，長長的文字與新聞
又總是跳出：
「膨脹的和被填滿的，都生病了，
掙扎了好久，最後還是死了。」
我把手機螢幕又關了起來
我害怕蛆和討厭的蟲子，會布滿我的身體

性與愛

媽媽告訴我，要多讀一點書
不要像她一樣，這輩子
這樣的無知。和她認識的許多人
都過上類似的日子

我遇上了好多人，他們都讀過好多書
他們一開口都是亞里士多德，都是
大多數人聽不懂的東西，但是他們總拿著自以為，
學過的那一點知識，就認為自己理解了一整個世界
以為自己就比大多數人，更高上一等
我從來不認為閱讀，是一件多了不起的事情

那對我來說，就是和打電動看電影
在我的小房間，關燈
看著漫畫是一樣的事情

任何事情都能讓我思考，我不會因為多讀了別人幾個字便自覺高人一等。如果閱讀只是為了嘲笑和侷限他人，只是為了再看輕更多的人，把沒讀過這些東西的，都與我分門別類，那我寧願這一輩子，都不懂得識字。如果我知道大多數讀過書的人，都是這種模樣，那我只想回去抱著我的媽媽跟她說：

「媽媽，謝謝妳告訴我要多讀一點書，讓我知道原來，讀過書的人，都沒那麼了不起的。」

媽媽問我最近，在讀些什麼
我最近都在讀 YouTube，讀抖音
讀網路上，一則能讓我開心一整天的迷因
還有 Pornhub 裡面，沒穿衣服的
男人和女人

媽媽說，那是什麼東西？我說那是全世界
最美的地方。沒有傲慢與偏見
那裡面只有性，
與愛。那是赫胥黎的
美麗新世界

後記

開始寫詩後，我總是能夠聽見有人告訴我，我寫的東西不配稱為詩。我曉得很多人無法從這樣的形式中，讀出它與一般文章的區別，但那真的也沒有關係。是不是一首詩，真的是這世界上最不重要的一件事情，也非常渺小。人生不應該過於執著在這種事情上面，只要能在文字裡，感受到任何一點什麼，那也就夠了。我希望讀過我的文字，並且喜歡我的作品的各位，都能因為在最角落的一個字或一件作品而被滿足，或是變得更漂亮了一點，進而去感受這世界的美好。雖然這個世界總讓人疼痛，也讓我們掙扎的樣子都醜陋，也扭曲了。但永遠不要變成那種讀過了一點文字，比別人多懂了一點知識後，便擺出一副高高在上的樣子，然後拿著這些原本應該很美麗的一切，再去劃分人類的高與低，或好與壞；擺出了猙獰的面孔卻不自知，讀得再多，也都像是錯了。那種樣子，才是這世界上最醜陋的模樣。

Love 046

我是很骯髒的那種怪物

作　者—米蘭歐森
主　編—李國祥
企　畫—林欣梅
編輯總監—蘇清霖
董事長—趙政岷
出版者—時報文化出版企業股份有限公司
108019臺北市和平西路三段二四〇號三樓
發行專線—(〇二)二三〇六—六八四二
讀者服務專線—〇八〇〇—二三一—七〇五
(〇二)二三〇四—七一〇三
讀者服務傳真—(〇二)二三〇四—六八五八
郵撥—一九三四四七二四時報文化出版公司
信箱—一〇八九九臺北華江橋郵局第九九信箱
時報悅讀網—http://www.readingtimes.com.tw
電子郵箱—genre@readingtimes.com.tw
法律顧問—理律法律事務所　陳長文律師、李念祖律師
印　刷—紘億印刷有限公司
初版一刷—二〇二二年十二月二十三日
初版八刷—二〇二四年二月二十七日
定價—新臺幣三六〇元

時報文化出版公司成立於一九七五年，
並於一九九九年股票上櫃公開發行，於二〇〇八年脫離中時集團非屬旺中，
以「尊重智慧與創意的文化事業」為信念。

我是很骯髒的那種怪物 / 米蘭歐森著. -- 初版. -- 臺北市 : 時報文化出版企業股份有限公司, 2022.12

面；　公分. -- (Love ; 46)

ISBN 978-626-353-257-1(平裝)

863.51　　　　111020121

ISBN 978-626-353-257-1
Printed in Taiwan